Le Livre de la Jungle

Ont collaboré à cet ouvrage : Chris Schnabel pour les illustrations,
Jim Razzi pour le texte, Véronique de Naurois pour la traduction.

Imprimé en France par Jean Lamour.
Dépôt légal : Février 1994 - N° d'éditeur : 9211 - ISBN : 2.245.02798.1
Loi n° 49.956 du 16 juillet 1949 sur les publications destinées à la jeunesse.

Disney

Le Livre de la Jungle

Disney
LE LIVRE DE PARIS / HACHETTE

1

On raconte beaucoup d'étranges histoires sur la jungle de l'Inde, mais aucune n'est aussi singulière que celle d'un jeune garçon nommé Mowgli, un petit d'homme élevé par des loups...

Tout commence le jour où Bagheera, la panthère, entend un bruit insolite qui résonne dans la jungle. Quelque chose qui ressemble à des pleurs.

Bagheera longe les berges de la rivière, jusqu'au moment où elle s'arrête devant les restes d'un bateau brisé. Là, couché dans un panier, se trouve un petit garçon.

« Eh ! mais c'est un petit d'homme ! »

Bagheera saisit le panier et le dépose doucement sur la rive. Elle observe avec curiosité cet enfant qui, soudain, s'arrête de geindre et la regarde de ses grands yeux bruns. Bagheera sourit au bébé qui lui sourit à son tour.

« Hum ! murmure la panthère, je t'ai sauvé de la rivière, mais que vais-je faire de toi, à présent ? Tu as besoin des soins d'une mère ! »

Pendant que Bagheera songe à une solution, le petit

d'homme se dresse, tend la main et... lui saisit la moustache !

« Non, non, fiston, je n'ai pas le temps de m'amuser ! Laisse-moi réfléchir ! »

C'est alors qu'une idée traverse l'esprit de la panthère. Elle connaît une famille de loups qui vit dans une caverne toute proche et qui, justement, vient d'avoir une belle portée de louveteaux.

« Si j'amène le petit d'homme à la maman loup, elle prendra sans doute soin de lui ? »

Bagheera fait un signe de tête au bébé comme s'il pouvait comprendre...

« Bon, c'est entendu ! murmure-t-elle. Allez, hop ! Je t'y emmène tout de suite ! »

Elle saisit le panier et le porte jusqu'à la caverne. Elle le dépose juste à l'entrée où les loups ne manqueront pas d'entendre l'enfant. Puis elle file se cacher derrière des buissons et attend. Mais, au bout de quelques minutes, rien ne se passe et Bagheera s'impatiente. Le bébé ne pleure pas et personne ne sort de la caverne.

La grande panthère rampe jusqu'au panier et le pousse d'un bon coup de patte. Aussitôt le bébé se met à brailler si fort que Bagheera sursaute, effrayée. Décidément, il a du souffle, le galopin ! Toutefois, l'idée était bonne, car à peine Bagheera a-t-elle regagné sa cachette que les louveteaux sortent de la caverne et viennent gambader autour du panier.

La louve sort à son tour et, voyant ses petits avec le bébé, elle sourit.

« Oh, un petit d'homme ! C'est la première fois que j'en vois un !... Qu'il est minuscule et peu craintif !... Il semble aussi hardi que l'un de mes louveteaux ! »

Bagheera se réjouit en entendant cela :

« Je savais que l'instinct maternel résoudrait mon problème ! »

Soudain, elle aperçoit Rama, le père loup, qui sort de son antre d'un pas majestueux. Bagheera n'est pas si certaine de sa réaction. Et si Rama n'acceptait pas le bébé ? Et s'il se mettait en colère ? Et si... ? Mais, déjà, le grand loup a atteint le panier. Il pointe son museau et, juste à cet instant, le bébé éclate de rire. Bagheera retient sa respiration, puis elle laisse échapper un long soupir... Tout ira bien à présent, car le petit d'homme vient d'être adopté par la famille Loup.

2

Dix saisons des pluies ont passé. Le petit d'homme a grandi, il est aussi fort et robuste que ses frères et sœurs loups. La maman loup l'a nommé Mowgli, ce qui veut dire « petite grenouille », parce que, comme une petite grenouille, il ne peut jamais rester en place. Toute la journée, Mowgli court et joue avec les louveteaux. Il est aussi rapide et agile que n'importe lequel d'entre eux. Il aime tendrement sa famille, et personne, homme ou bête, n'est plus heureux que lui dans la jungle.

Mais un jour, la nouvelle se répand que Shere Khan, le tigre, est de retour. Aussitôt, les loups se réunissent sur le rocher du Grand Conseil. Même Bagheera est présente, installée sur la branche d'un arbre. Akela, le chef, prend la parole et rappelle à tous le danger que représente le tigre :

« Quand Shere Khan apprendra qu'il y a un petit d'homme parmi nous, il le tuera, et, avec lui, tous ceux qui le protègent ! »

Les loups acquiescent.

« Bon, alors, c'est entendu ! conclut Akela. Pour la

sauvegarde de la meute, le petit d'homme doit partir ! »

Akela reprend la parole...

« A présent, je dois en informer Rama, le père du garçon... C'est une tâche bien pénible ! »

Rama est assis à l'écart de la meute, quand Akela l'appelle :

« Approche, s'il te plaît !

– Oui, Akela !

– Le petit d'homme ne peut rester plus longtemps avec nous ! »

Rama s'y attendait... Pourtant, il est bouleversé.

« Mais, le petit d'homme... Pourquoi ? Il est comme mon propre fils ! »

Akela regarde Rama avec gravité, et poursuit :

« Tu sais bien que notre force consiste justement à ne pas nous mesurer avec le tigre ! »

Rama secoue la tête doucement. Akela a raison, c'est sûr ! A cet instant, Bagheera, qui a tout entendu, descend de son perchoir.

« Sans doute puis-je vous aider, annonce-t-elle.

– Toi, Bagheera ? Et comment ? demande Akela.

– Je connais un village d'hommes où il sera à l'abri ! Mowgli et moi, nous avons déjà fait de nombreuses promenades ensemble dans la jungle... Je suis sûre qu'il me suivra !

– Eh bien, soit ! conclut Akela, mais partez au plus vite ! Il n'y a pas de temps à perdre ! »

Et c'est ainsi qu'un peu plus tard, dans la nuit, Mowgli

grimpe sur le dos de Bagheera, et tous deux s'enfoncent dans les profondeurs de la végétation. La chevauchée est amusante, mais bientôt Mowgli se sent fatigué, il voudrait bien dormir.

« Bagheera, murmure-t-il en bâillant, j'ai sommeil... Si on rentrait ?

– On ne rentre pas ! déclare Bagheera. Je t'emmène au village des hommes ! »

Mowgli ouvre de grands yeux :

« Le village des hommes ? Mais pour quelle raison ?

– Parce que Shere Khan est revenu dans la région ! répond Bagheera. Et il a juré de te tuer !

– Me tuer ? Mais pourquoi voudrait-il faire cela ?

– Il déteste l'homme ! reprend Bagheera, et tu peux être certain qu'il ne te laissera pas grandir et devenir un chasseur armé d'un fusil ! »

Mowgli secoue la tête doucement :

« Oh ! alors, nous lui expliquerons que jamais je ne ferai une chose pareille ! »

Bagheera soupire et regarde le garçon comme s'il n'était qu'un petit singe sans cervelle :

« Ne sois pas stupide ! Personne n'explique quoi que ce soit à Shere Khan. »

Mowgli relève le menton :

« Oui, eh bien, moi, je n'ai pas plus peur de Shere Khan que de qui que ce soit d'autre ! »

A cet instant, ils arrivent devant un arbre penché...

« Oh, et puis, en voilà assez ! tonne Bagheera. Nous allons passer la nuit ici. Nous en reparlerons demain matin ! »

Mowgli ne voit pas les choses de cette façon. Il ne veut pas dormir dans cet arbre, et il ne veut pas aller au village des hommes. Il veut rester avec sa famille, ici, dans la jungle.

« Petit d'homme ! »

D'une voix sévère, Bagheera rappelle Mowgli à l'ordre :

« Monte dans l'arbre ! »

Puis, sur un ton plus aimable, elle ajoute :

« Allez, grimpe ! Là, tu seras plus en sécurité ! »

Mowgli baisse la tête.

« Non ! Je ne veux pas aller au village des hommes ! Et je ne veux pas escalader cet arbre ! »

Puis, levant les yeux...

« De toute manière, jamais je ne pourrai monter là-haut ! »

Mais Bagheera insiste. En le soutenant et en le poussant, elle l'oblige à grimper. Une fois atteinte la plus grosse branche, Bagheera bâille puis s'installe pour la nuit. Mowgli s'assied, la mine renfrognée.

« Je veux rester dans la jungle ! Je n'ai besoin de personne !... Je sais me débrouiller tout seul ! »

Mais Bagheera n'entend pas : elle dort déjà ! Or, à cet instant, sur la plus haute branche, Kaa, le python, observe le petit garçon...

« Voyons... Qu'est-ccccce que cccc'est que ccçça ? siffle-t-il. Mais, cccc'est un petit d'homme, un délicccccieux petit d'homme ! »

Et, tout en se pourléchant les crochets, il se laisse glisser le long de l'arbre.

3

Kaa espère bien effrayer Mowgli en s'approchant de lui. Peine perdue, l'enfant ne le regarde même pas.

« Oh, toi, le serpent, va-t'en, laisse-moi seul ! »

Mais il en faut davantage pour décourager Kaa. Avec son charme, il peut endormir qui il veut, même la bête la plus furieuse. Il commence à se balancer devant Mowgli en lui parlant doucement d'une voix sifflante. Le garçon ressent soudain une irrésistible envie de dormir.

« Oui, cccc'est ccccela, petit d'homme ! susurre Kaa. Tu es fatigué. Endors-toi ! Fais un sssomme ! »

Et tandis qu'il continue de parler, il se glisse derrière Mowgli. L'enfant sent ses paupières s'alourdir. Il essaye de toutes ses forces de rester éveillé, mais sa tête pèse bientôt plus qu'une ruche pleine de miel. Alors, lentement, Kaa s'enroule autour de lui, et commence à l'enserrer...

Mowgli essaye de tourner la tête vers Bagheera.

« Ba... Ba... Bagheera... Au secours ! » crie-t-il, mais la panthère n'ouvre pas les yeux, certaine que Mowgli est encore en train de se plaindre.

« Oh non, ce n'est pas la peine de discuter davantage ! Dors ! On reparlera de tout ça demain matin ! »

Le python a complètement entouré Mowgli de ses anneaux. Il ricane sournoisement...

« Mais cccc'est qu'il ne sssera plus là demain matin ! Ha ! ha ! ha ! »

Alertée, Bagheera ouvre les yeux et voit Kaa, la gueule grande ouverte, prêt à avaler Mowgli. Elle se précipite et assène un grand coup de patte sur la tête du serpent qui rebondit contre la branche. Étourdi, Kaa desserre son étreinte. Son corps se déroule et pend comme un élastique mou.

« Argh ! Ouh ! Ouh là là ! mon sssinusss ! » siffle Kaa d'une voix geignarde. Puis, reprenant ses esprits, il se dresse à nouveau. Il s'approche de Bagheera, la langue dardée, le regard mauvais :

« Tu viens de commettre une grave et ssstupide erreur, mon amie ! »

Bagheera se ramasse sur elle-même.

« Oui, vraiment ssstupide ! »

Kaa se balance, cherchant à hypnotiser la panthère qui bégaie :

« Non, non, Kaa, j'étais... »

Bagheera s'agite et tourne la tête dans tous les sens, essayant d'échapper au regard du serpent.

« Fixxxxe-moi bien dans les yeux quand je te parle ! » ordonne Kaa.

A force de se débattre, Bagheera s'épuise. Elle ne peut éviter la tête du serpent qui danse devant elle. Et bientôt, fascinée, elle succombe et s'endort.

Pendant ce temps, Mowgli repousse lentement la longue queue du serpent qui ne s'aperçoit de rien.

A l'instant même où Kaa s'apprête à enlacer la panthère, il est entraîné par son propre poids et bascule dans le vide.

Il dégringole par saccades jusqu'au bas de l'arbre, et arrive en tas sur le sol avec un nœud à la queue et toute la masse de ses anneaux sur la tête. Il se dégage en gémissant :

« Oh , mon posssstérieur ! »

Et il disparaît dans les buissons.

Mowgli éclate de rire, puis va retrouver Bagheera.

« Tu as vu ? J'ai pu le faire, hein ? Je nous ai sauvés ! »

Mais la panthère le regarde avec des yeux vides.

« Hé, Bagheera, réveille-toi ! crie Mowgli.

– Hein ? quoi ? que s'est-il passé ?

– Kaa t'a hypnotisée ! Si je n'avais pas été là, hein ? je ne donnais pas cher de ta peau ! »

Bagheera reprend ses esprits.

« Humph !... Oui, eh bien, si tu n'avais pas été là, rien ne serait arrivé ! »

Puis, levant les yeux vers le ciel étoilé :

« Dormons à présent ! Nous avons une longue route à faire demain ! »

Quelques heures plus tard, tandis que le soleil point à l'horizon, Mowgli ouvre les yeux. A côté de lui, Bagheera est encore assoupie. Mowgli s'étire. Il va se lever, quand un vacarme assourdissant résonne dans la jungle. Le sol tremble comme si plus de mille animaux le piétinaient lourdement.

« Bagheera ! Bagheera ! Réveille-toi ! crie Mowgli. Il se passe quelque chose ! »

Une voix puissante retentit alors :

« Compagnie, en avant, marche ! Une !... deux !... une !... deux !... »

Mowgli se faufile à travers le feuillage. Mais... rien ! Il ne voit rien !... Il rampe à nouveau vers Bagheera. Après tout, on ne sait jamais, c'est peut-être dangereux !

4

« Bagheera, hé ! Réveille-toi ! »

Mowgli secoue la panthère, quand un troupeau d'éléphants apparaît soudain, marchant en rang à travers la jungle.

« Ouaouh ! un défilé ! » s'écrie le petit garçon tout excité. Bagheera se couvre les oreilles avec ses pattes.

« Oh non, c'est encore cette fichue patrouille de l'aube du Colonel Hathi !

– Qu'est-ce que c'est la patrouille de l'aube ? demande Mowgli en croquant un fruit.

– Eh bien, chaque jour, à l'aube, le Colonel Hathi entraîne son troupeau à des manœuvres militaires, soupire Bagheera. D'habitude, j'essaye d'être ailleurs à ce moment-là ! »

Mowgli éclate de rire et court se placer le plus près possible, pour voir la parade des éléphants. Puis il se met à marcher au pas derrière un éléphanteau.

« Salut ! dit-il. Qu'est-ce que vous faites ?

– Chut ! On fait des exercices !

– Je peux le faire, moi aussi ?

– Bien sûr ! répond l'éléphanteau. C'est facile, t'as qu'à faire tout ce que je fais, mais en silence ! C'est défendu de parler dans les rangs ! C'est contre le règlement ! »

Mowgli se met à quatre pattes et suit l'éléphanteau. En tête de la colonne, il entend le Colonel Hathi qui hurle :

« Compagnie, en avant, marche ! Une !... deux !... »

Mowgli brûle de poser une autre question, mais le Colonel Hathi crie à nouveau :

« Compagnie, halte ! »

L'éléphanteau se retourne et murmure :

« Ça veut dire qu'on s'arrête... »

Le Colonel Hathi passe alors ses troupes en revue. Les éléphants se tiennent au garde-à-vous, oreille contre oreille. Un gros éléphant , appelé Winifred, regarde de travers le Colonel en grommelant :

« Marcher, marcher, marcher ! J'ai mal aux pattes, moi ! »

L'éléphanteau chuchote :

« C'est ma mère ! »

Mowgli ouvre de grands yeux...

« Comment ? Ta mère marche aussi ?

– Ouais ! Comme mon père !

– Qui est ton père ? » demande Mowgli.

L'éléphanteau pointe sa petite trompe vers le Colonel Hathi.

« Ohhh ! dit Mowgli, je... »

Mais le Colonel crie plus fort que jamais :

« Sileeeeence, dans les rangs ! »

Mowgli se met au garde-à-vous tandis que Hathi passe en revue la colonne.

« Bieeeen alignés ! Rentrez-moi toutes ces queues ! Exécution ! »

Le Colonel se place devant les rangs :

« Innnnspection ! »

Tous les éléphants tendent leur trompe en vitesse.

« Psssst ! souffle l'éléphanteau à Mowgli, redresse ton nez !

– Comme cela, ça va ?

– Parfait ! » chuchote l'éléphanteau.

Le Colonel Hathi inspecte lentement la colonne, détaillant chaque éléphant...

« Il faudra m'astiquer ces baïonnettes ! dit-il en repérant quelques défenses boueuses. Esprit de corps ! gronde-t-il. C'est comme cela que j'ai gagné mes galons d'officier quand j'étais dans la 5e brigade des pachydermes du Maharadjah !

– Qu'est-ce que c'est un pachyderme ? demande Mowgli.

– Un éléphant ! » répond l'éléphanteau.

Soudain, l'oreille de Mowgli le démange. Il va justement se gratter, quand le Colonel Hathi s'approche. Aussitôt, le garçon rectifie la position. Le Colonel s'arrête en face de l'éléphanteau, et sourit.

« Talons serrés, fils !

– Oui, papa, enfin, je veux dire... oui, mon colonel ! »

Hathi hoche la tête, puis vient se placer face à Mowgli.

– Ah ! ah ! Une nouvelle recrue ! »

Le Colonel Hathi commence par sourire. Puis il frappe sèchement le nez de Mowgli.

« Qu'est-il arrivé à votre trompe ? »

Mowgli proteste :

« Eh, mais vous me faites mal ! »

Le Colonel fronce les sourcils et soulève le garçon dans les airs du bout de sa trompe.

« Qu'est-ce que c'est que ça ?... Un petit d'homme ! Mais... mais... mais c'est une trahison ! Je ne veux pas de petit d'homme dans ma jungle ! »

Il laisse alors retomber Mowgli près de l'éléphanteau et le dévisage d'un air menaçant...

Mais Bagheera a déjà bondi près du Colonel.

« Je vais vous expliquer, Hathi ! dit-elle.

– Colonel Hathi, s'il vous plaît !

– Oh, oui, oui... Colonel Hathi ! poursuit Bagheera. Eh bien... Le petit d'homme est avec moi... Je l'emmène au village des hommes !

– Pour y rester ? demande le Colonel, soupçonneux.

– Vous avez ma parole ! promet Bagheera en hochant la tête.

– Bien ! conclut le Colonel. Et souvenez-vous, un éléphant n'oublie jamais rien ! »

Le Colonel dresse sa trompe vers le ciel :

« Compagniiiie ! En avant, marche ! »

Et la patrouille de l'aube poursuit son chemin d'un pas vibrant à travers la jungle.

Mowgli se met à rire :

« C'était drôle, non ? »

Mais Bagheera le regarde sévèrement :

« Ça peut te paraître drôle, gamin, mais quand un éléphant se fâche, crois-moi, ce n'est pas amusant du tout ! »

Puis elle surveille les taillis...

« Mettons-nous en route avant qu'il n'arrive quelque chose d'autre !

– Bagheera, où va-t-on ? demande Mowgli.

– Nous allons au village des hommes !

– J'irai pas !

– Oh ! que si, tu vas y aller ! »

Mowgli secoue la tête et s'agrippe à un arbre tout proche :

« Je reste ici ! Pas question ! crie-t-il.

– Tu vas aller au village des hommes, même si je dois te

traîner tout le long du chemin ! dit Bagheera en l'attrapant par sa culotte.

– Lâche-moi ! » hurle Mowgli.

Bagheera a beau tirer, Mowgli se cramponne.

La panthère donne alors une secousse si puissante que sa mâchoire lâche prise. La voilà brusquement catapultée en arrière, et elle atterrit avec un gros plouf ! dans une mare. Elle en ressort furieuse et trempée comme une soupe.

« C'est assez ! rugit-elle. A partir de maintenant, tu te débrouilleras tout seul !

– Ne te fais pas de bile pour moi ! répond Mowgli.

– Ah... ça, je m'en garderai bien ! » souffle Bagheera avec rage.

Et elle tourne les talons, disparaissant dans la forêt. Mowgli hausse les épaules, part de son côté, puis, après avoir marché un peu, il s'adosse à un énorme rocher.

« Je peux m'en sortir tout seul ! grogne-t-il, je n'ai besoin de personne pour s'occuper de moi ! »

Cependant, alors qu'il est assis là, environné par la jungle verte et profonde, il commence déjà à se sentir un peu inquiet...

5

Recroquevillé sur lui-même, Mowgli se désespère, quand tout à coup une voix puissante retentit sous les arbres – quelqu'un chante ! Le petit garçon ouvre tout grand les yeux et voit l'ours Baloo qui s'avance en se dandinant.

« Voyons, voyons, qu'avons-nous là ? »

Baloo tourne autour de Mowgli. Il le renifle avec son gros museau humide. Mowgli se dresse et lui envoie une bonne claque.

« Aouh ! proteste l'ours. Eh, que se passe-t-il ? J'essayais seulement d'être amical !

– Va-t'en ! Laisse-moi seul ! »

Mais ce n'est pas une chiquenaude qui va décourager Baloo. Il en a vu d'autres ! Il s'assied à côté de Mowgli et lui tape dans le dos.

« En voilà un langage, moustique ! Qu'est-ce qui te tourmente ?

– Je suis assez grand ! » crie Mowgli en frappant l'ours en plein estomac.

Baloo éclate de rire et secoue la tête.

« Tss, tss, tss ! Lamentable ! Ton coup de poing m'a à peine frôlé ! »

Baloo saisit Mowgli, le soulève, puis le pose à terre.

« Allez, fiston, tu as besoin d'aide ! Le vieux Baloo va t'apprendre à te battre comme un vrai ours ! »

Il se dresse sur ses pattes et danse d'un pied sur

l'autre, en sautillant comme un boxeur sur le ring.

« Détends-toi, fiston, détends-toi !... Et fais comme moi !... En souplesse ! »

Mowgli regarde l'ours, stupéfait, puis, amusé par ce manège, il commence à l'imiter.

« Oui, c'est cela ! l'encourage Baloo... Maintenant, pousse un grognement d'ours. Essaye de me faire peur ! »

Mowgli découvre ses dents et grogne du mieux qu'il peut.

« Non ! Non ! Non ! J'ai dit un grognement – comme le ferait un gros ours ! Regarde, c'est facile ! »

Et Baloo gronde de façon si assourdissante que le garçon est projeté en arrière par le souffle.

« Hé là ! s'écrie Baloo en riant, reviens ! »

Mowgli se redresse et grogne à son tour. Baloo l'écoute avec bonheur :

« Ouiiii ! C'est cela ! Tu y es ! A moi, maintenant : groaaaarrrr ! »

Mowgli lui répond aussitôt et c'est bientôt un tel concert qu'on les entend partout dans la jungle. Bagheera elle-même, déjà loin pourtant, dresse l'oreille :

« Allons bon ! Qu'est-ce qui se passe ?... Le petit d'homme a des ennuis... Je n'aurais pas dû le laisser seul ! »

Aussitôt, elle fait demi-tour et, bondissant d'arbre en arbre, elle se précipite au secours de l'enfant. La voilà bientôt arrivée :

« Oooh non ! maugrée-t-elle. C'est ce lourdaud, ce gros fainéant de Baloo ! »

Mais Mowgli et Baloo s'amusent tellement qu'ils n'ont même pas remarqué la panthère.

« C'est ça, fiston, vas-y, attaque ! Tourne autour de moi ! crie Baloo. Cherche une ouverture. Voilà, ça y est, tu l'as ! »

Mowgli essaye de frapper Baloo. Mais l'ours, d'un coup de patte, lui flanque une taloche et l'envoie au tapis.

« Oh, parfait ! ricane Bagheera. Quel excellent professeur tu fais, Griffes d'Acier ! Comment veux-tu que tes élèves retiennent tes leçons, si tu les assommes ? »

Baloo contemple Mowgli, tout chancelant.

« Hé bien, je... je ne voulais pas frapper si fort ! Je... »

Mais Mowgli est déjà sur pied. Il regarde Bagheera d'un air décidé et répond :

« Ça va ! Je ne suis pas blessé... Je suis plus costaud qu'on ne croit ! »

Baloo lui sourit.

« Il vaut mieux que tu le croies, petit !... Allez ! viens !... Encore une fois !... Tourne bien autour de moi, ou je vais encore te mettre K.O. ! »

Mowgli sautille devant Baloo, puis, d'un mouvement brusque, il le frappe en plein sur le nez.

« Ouaouh ! crie Baloo, en plein dans le mille ! »

Puis il titube et tombe comme une masse sur le sol. Mowgli lui grimpe joyeusement sur le ventre et le chatouille. Baloo se tortille de rire.

« Ouh là ! Ouh là là ! Noooon ! Pas de chatouilles ! Je ne peux pas le supporter !...

– Tu te rends, Baloo ?

– Oui, ha, ha, ha, je me rends ! »

Quand enfin Mowgli arrête de le chatouiller, Baloo s'assied et se gratte le menton de sa grosse patte.

« Tu es au point, fiston ! conclut-il. A propos, comment t'appelle-t-on ?

– Mowgli ! répond Bagheera. Et je l'emmène immédiatement au village des hommes !

– Au village des hommes ? s'exclame Baloo, atterré. Pourquoi ? Ils vont le gâter ! Ils vont en faire un homme à leur image ! »

Mowgli regarde alors l'ours :

« Oh, Baloo, je veux rester ici, avec toi !

– Bien sûr, petit, que tu vas rester !

– Ah ? interroge Bagheera. Et comment crois-tu qu'il va survivre ?

– Qu'est-ce que tu veux dire ? demande Baloo. Il est avec moi, n'est-ce pas ? Alors, je lui apprendrai tout ce que je sais !

– Eh bien, ce sera vite fait ! » feule Bagheera.

La remarque fait son chemin dans la cervelle de l'ours qui acquiesce :

« Hum ! ça, c'est sûr ! »

Baloo, d'un geste amical, ébouriffe les cheveux de Mowgli.

« C'est comme ça, fiston ! dit-il. Tu sais, il en faut peu pour être heureux !

– Vraiment ? s'écrie Mowgli.

– Ouais, tu peux me croire ! Il faut savoir se satisfaire de peu ! » réplique Baloo en chantant.

Bagheera assiste, impuissante, au spectacle de Mowgli et Baloo dansant en rond, se gavant de bananes et de noix de coco. Le petit garçon est sous le charme de l'ours.

Comment l'attirer vers le village des hommes à présent qu'il a un nouvel ami dans la forêt ?

Tout en continuant de chanter, Baloo saute dans la rivière et se met à flotter sur le dos. Poussant un cri de joie, Mowgli grimpe sur son ventre et le serre dans ses bras.

« Oh, j'abandonne ! soupire Bagheera... Espérons que cela va durer ! »

Tandis que Mowgli et Baloo s'éloignent au fil de l'eau, Bagheera entend l'ours qui déclare :

« C'est ça, fiston ! Il en faut vraiment peu pour être heureux ! Tu verras, je ferai de toi un vrai ours ! »

La panthère les regarde encore un instant. Puis, lentement, elle s'éloigne.

6

« C'est chouette d'être un ours ! »

Mowgli et Baloo dérivent paresseusement au fil de l'eau. Alors qu'ils s'approchent de la rive, une bande de singes espiègles saute dans les arbres. Soudain, un gros macaque, pendu par les pieds à une branche basse, tend le bras et... hop ! soulève Mowgli et l'emporte avec lui. Au même instant, un petit singe prend la place du garçon sur le ventre de Baloo qui ne s'aperçoit de rien. Les yeux fermés, l'ours continue de chanter :

« Pom ! pom ! pom! Il en faut peu pour être heureux, oui, très peu pour être heureux ! »

Une mouche vient alors tourbillonner autour de son nez...

« Hé, Mowgli, dit Baloo, pourrais-tu chasser cette misérable mouche du nez de Papa Ours ? »

Le petit singe ne se le fait pas dire deux fois. Il saisit un bâton et flanque un grand coup sur le nez de Baloo qui ouvre tout grand les yeux.

« Aouh ! Voilà qui s'appelle frapper, gamin !... Oh, mais... ce n'est pas... »

Baloo brasse l'air de sa grosse patte : il tente d'attraper le singe qui s'esquive...

« Espèce de Nez-Plat ! Macaque ! Attends un peu, je vais te plier en huit ! »

Le singe prend son élan, puis, sautant à pieds joints, se rétablit sur une branche basse. Dans sa précipitation, Baloo boit la tasse. De toutes ses forces, il nage vers la rive. Au-dessus de lui, dans les arbres, un grand singe

tient Mowgli par un pied et saute de branche en branche.

« Retire tes sales pattes de mon petit d'homme ! »

Baloo essaye de se mettre debout dans l'eau, mais il bascule dans un trou et coule à pic.

« Voilà qui rafraîchira les idées de ce gros énervé ! » ricanent les singes.

Baloo refait surface, toussant, crachant, pestant. Péniblement, il se hisse sur la berge.

« Rendez-moi mon gamin !

– C'est ça, lourdaud, viens le chercher ! » crient les singes en emportant Mowgli. L'un d'eux saisit un fruit d'arbre à pain et le lance de toutes ses forces sur Baloo. En plein dans la cible ! L'ours s'écroule, raide assommé.

« Baloo ! Au secours ! A l'aide ! »

Tandis que Baloo reprend ses esprits, il entend la voix déjà lointaine de Mowgli. Ces maudits macaques ont filé. Impossible de les rattraper ! Désemparé, Baloo appelle Bagheera.

« Bagheera ! Au secours ! »

En amont de la rivière, la panthère dresse l'oreille...

« Ça y est ! dit-elle en grommelant. Ils ont des problèmes ! Eh bien, c'est arrivé plus tôt que je ne le pensais ! »

Bagheera court à travers la jungle et rejoint Baloo :

« Que s'est-il passé ? Où est Mowgli ?

– Ils m'ont tendu une embuscade ! s'écrie le gros ours.

– Qui ça, “ils” ?

– Les singes ! Il y en avait des milliers !... Je me suis défendu du mieux que je pouvais !... J'ai d'abord frappé avec ma gauche, puis j'ai balancé ma droite, et...

– Oh, pour l'amour du ciel, qu'est-il arrivé à Mowgli ? s'impatiente Bagheera.

– Ces sales macaques l'ont enlevé ! »

Bagheera secoue la tête, épouvantée :

« Ils l'ont sûrement conduit à leur quartier général, dans les vieilles ruines... Je tremble en songeant à ce qui arrivera quand le Roi des singes le verra ! »

7

Pendant ce temps, les singes entraînent Mowgli à travers la jungle. Bientôt ils atteignent une clairière où se dressent d'immenses ruines. Là, assis sur un trône de pierre, le Roi des singes attend. Il sourit en voyant Mowgli tenu à bout de bras par un grand macaque.

« Ainsi, c'est donc toi, le petit d'homme !

– Pose-moi à terre ! » hurle Mowgli.

Sur un signe du Roi, le grand singe lâche prise. Mowgli s'étale de tout son long au pied du trône. D'un bond, il se redresse et regarde le Roi d'un air menaçant...

« Qu'est-ce que tu me veux ?

– Du calme, mon garçon ! Du calme ! Détends-toi !... » dit le Roi en souriant. Puis il empoigne une banane et, la faisant jaillir de sa peau, l'envoie tout droit dans la bouche de Mowgli.

Le Roi saisit la main du jeune garçon et la secoue :

« Soyons amis, veux-tu ?... Il est venu à mes royales oreilles que tu voulais rester dans la jungle ? »

La bouche encore pleine, Mowgli hoche la tête.

« Hum, voilà qui est bien ! Le vieux Roi Louie – c'est moi ! – peut t'arranger ça !... A condition, bien sûr, que tu acceptes un pacte !

– Je ferai n'importe quoi pour rester dans la jungle !

– Bon ! conclut le Roi. En échange, je vais te dire ce que je désire ! »

Et, à la grande surprise de Mowgli, il se met à chanter et à danser, expliquant, entre deux battements de mains et des claquements de doigts, que tout ce qu'il veut, c'est... être un homme !

« Rien que cela ! » s'exclame le garçon.

Malgré lui, entraîné par la musique des singes, Mowgli s'est mis à danser à son tour.

« Ha, ha, ce que c'est drôle, ici !

– Oui, hein ? dit le Roi Louie... Mais ce n'est pas tout ! Je voudrais connaître le secret du feu des hommes !

– Oh !... C'est que... Je ne sais pas comment on fait le feu ! » rétorque Mowgli, tout surpris.

Le Roi se renfrogne aussitôt.

« N'essaye pas de me tromper, petit ! Je ne peux pas devenir un homme si je ne connais pas le secret du feu ! »

Pendant que le Roi Louie tente de convaincre Mowgli, Baloo et Bagheera sont parvenus aux ruines. Dissimulés derrière des pierres, ils ont tout entendu...

« Le feu des hommes ! souffle Bagheera. Ainsi c'était donc ça, son idée ! Il faut récupérer Mowgli au plus vite et décamper d'ici !

– Ouais !... fais-moi confiance ! gronde Baloo. Je vais mettre ce vieux Roi en pièces ! Je...

– Ça suffit ! coupe Bagheera. Cela demande de la cervelle, pas des muscles ! Voici ce que nous allons faire : toi, tu feras diversion, et moi, j'en profiterai pour sauver le gamin ! »

Baloo prend l'air offusqué et hausse les épaules.

« Oh ! bon, d'accord ! »

Quelques minutes plus tard, une grosse guenon s'agitant en cadence se dirige vers le Roi Louie. C'est Baloo déguisé, totalement méconnaissable ! Il a placé deux noix de coco sur son museau et a entouré sa taille d'une jupe en feuilles de bananier !

« Hé ! d'où viens-tu, beauté ? » demande le Roi

Louie, tout émoustillé par cette gracieuse apparition.

Baloo se dandine, bat des paupières et chante d'une voix aiguë. Le Roi Louie est si troublé qu'il ne voit pas Bagheera se glisser le long des vieilles pierres. A patte de velours, la panthère se rapproche de Mowgli...

Petit à petit, la danse des singes devient frénétique. Baloo se trémousse, saute en l'air, fait des entrechats... Il est tellement pris par le rythme et le swing qu'il ne s'aperçoit pas que son déguisement glisse...

« Hé, regardez ! s'écrient les singes... C'est le gros Baloo ! Qu'est-ce qu'il fait là ? »

Mowgli court se jeter dans ses bras avec un cri de joie.

« Attrapez-les ! » hurle le Roi Louie.

Aussitôt une troupe de singes se lance à leur poursuite. Baloo entre dans la bagarre : il balance sa patte gauche, puis sa droite, distribue des coups de pied... A l'instant où il s'empare de Mowgli, le Roi Louie reçoit un bon coup sur la tête. Mais il tient bon ! Pas question de lâcher le petit garçon ! D'une main, il s'accroche à l'une des colonnes du vieux temple, tandis que de son côté Baloo tire le bras de Mowgli.

« Laisse-le ! ordonne Louie.

– Jamais de la vie, vilain macaque ! »

Baloo secoue encore plus fort. La colonne du temple commence alors à chanceler...

Surpris, le Roi Louie lâche prise, et Mowgli en profite pour courir se réfugier auprès de Bagheera. Dans un

ultime effort, le Roi tente de soutenir le vieil édifice, mais en vain ! Dans un grondement formidable, les colonnes se brisent et le temple s'effondre sur les singes qui s'enfuient de tous côtés.

8

Un peu plus tard, dans la nuit, les trois compagnons se reposent sur une petite île au milieu de la rivière. Tandis que Mowgli dort paisiblement étendu sur un lit de feuilles, Bagheera sermonne Baloo.

« Bravo ! On peut dire que tu as une belle influence sur le gamin ! Tu vois dans quelle situation vous vous êtes retrouvés ?

– Chuuut ! répond Baloo, moins fort ! Tu vas finir par réveiller mon petit copain ! Il a eu une rude journée, tu sais. Ce n'est pas facile d'apprendre à être un ours ! »

Bagheera lève les yeux au ciel, exaspérée...

« Si être un ours, c'est faire des pirouettes avec des gros singes sans cervelle !!!

– Oh ! murmure Baloo, ce n'étaient que quelques singeries... »

Le gros ours s'approche de Mowgli, et le regarde avec tendresse.

« Baloo, souffle Bagheera, il faut que je te dise quelque chose... »

Baloo se gratte le nez.

« Oui, Baggy, qu'y a-t-il ? »

En entendant son surnom, la panthère fait la grimace.

« Mowgli doit aller au village des hommes ! déclare-t-elle. La jungle n'est pas un endroit pour lui !

– Qu'est-ce que la jungle vient faire là-dedans ? demande Baloo. Regarde-moi ! J'ai bien grandi ici !

– Oui, précisément ! Regarde-toi un peu. Le spectacle que tu offres est navrant ! »

Baloo examine son reflet dans l'eau de la rivière, et s'aperçoit qu'il a un œil au beurre noir assorti de quelques plaies et bosses.

« Oh, évidemment ! Mais, tu sais, tu n'as pas si bonne mine, que je sache ! »

La panthère observe alors son propre reflet et voit qu'elle a, elle aussi, un œil au beurre noir...

« Là n'est pas la question ! coupe Bagheera. Tu ne peux pas adopter Mowgli. Il appartient au village des hommes ! Tu sais ce qu'on dit : "Qui se ressemble s'assemble !" »

Baloo sourit :

« Ne te fais donc pas de bile, Baggy ! Je prendrai soin de lui !

– Ah oui, comme tu l'as fait quand les singes l'ont kidnappé !

– Bon, d'accord ! Il n'est pas interdit de faire une erreur ?

– Pas dans la jungle ! tranche Bagheera. Et que feras-tu lorsque Mowgli rencontrera Shere Khan ?

– Le tigre ? Qu'a-t-il contre le gamin ? »

Bagheera prend un air grave et se rapproche de Baloo.

« Il hait les hommes et ne cherche qu'à se venger d'eux ! Il craint leurs fusils autant que leur feu !

– Mais le petit Mowgli ignore toutes ces choses ! proteste Baloo.

– Shere Khan n'attendra pas qu'il les connaisse ! ajoute Bagheera. Il tuera Mowgli tant qu'il est encore jeune et sans défense ! »

Baloo s'assied, découragé. Il sait que Bagheera dit vrai.

« Bon, alors, qu'est-ce que je dois faire ?

– Tu vas mener Mowgli au village des hommes !

– Mais... j'ai promis au gamin qu'il pourrait rester avec moi dans la jungle !

– C'est justement là le problème ! conclut Bagheera. Tant qu'il restera avec toi, il sera en danger ! »

Cette fois encore, Bagheera a raison. Il n'y a qu'une seule chose à faire : emmener Mowgli au village des hommes ! Baloo essuie une larme et regarde le ciel. Il fait jour.

« C'est le matin ! dit Bagheera. Je pense que Mowgli et toi, vous devriez vous mettre en route sans tarder ! »

Baloo soupire. Il s'avance vers le garçon endormi et le secoue doucement pour le réveiller.

9

Quelques minutes plus tard, Baloo et Mowgli prennent le chemin du village des hommes. Mowgli est heureux de gambader aux côtés de son ami.

« Où allons-nous ? » demande-t-il.

Baloo ne lui a encore rien dit. En vérité, il ne sait pas trop quoi répondre...

« Mowgli, tu sais... Il y a une chose que je dois te dire !

– Quoi donc, Baloo ? »

L'ours pousse un énorme soupir :

« Eh bien, voilà... Je dois te conduire au village des hommes ! »

Les yeux du petit garçon se remplissent de larmes...

« Le village des hommes ?! Mais... mais... tu avais dit que nous étions comme père et fils et que je pouvais rester avec toi !

– Écoute, petit, je vais t'expliquer ! » balbutie Baloo.

Mais Mowgli ne veut plus rien entendre. Il fait vivement demi-tour et s'enfuit à toutes jambes.

« Attends ! hurle Baloo. Écoute ton vieux Papa Ours ! »

Trop tard, Mowgli a déjà disparu.

Baloo court désespérément derrière lui, mais rien à faire ! Le petit garçon est plus rapide.

« Mowgli ! hurle-t-il. Mowgli, reviens ! »

Bagheera, alertée par les cris, bondit et rejoint Baloo.

« Que s'est-il passé ?

– Le gamin s'est enfui !

– Bon ! Ne restons pas là ! dit Bagheera. Séparons-nous ! Nous devons absolument le retrouver avant que...

– Avant que quoi ? interroge Baloo.

– Avant que Shere Khan ne le fasse ! » crie Bagheera, exaspérée.

Au même moment, non loin de là, Shere Khan pourchasse une biche à travers les hautes herbes. Il s'apprête à fondre sur sa proie, quand un vacarme épouvantable l'interrompt... C'est le Colonel Hathi et sa patrouille de l'aube ! Aussitôt la biche alertée détale d'un bond.

« C'est bien ma chance ! râle le tigre. La peste soit de cet abruti de Colonel Hathi ! »

Shere Khan se tapit dans les buissons et observe le défilé des éléphants. Soudain, il voit Bagheera surgir de la forêt.

« Attendez ! hurle-t-elle. Haaaalte ! »

A ce commandement, tous les éléphants s'arrêtent si brutalement qu'ils se percutent les uns les autres et se retrouvent par terre, pêle-mêle.

Bagheera explique brièvement ce qui est arrivé à Mowgli et demande son aide au Colonel Hathi.

« C'est absolument impossible, mon amie ! répond d'un ton péremptoire le chef des éléphants... Nous sommes en campagne !

– Mais c'est une question de vie ou de mort, mon Colonel ! On doit retrouver le petit d'homme avant Shere Khan ! »

Hathi ne veut rien savoir :

« Quelle blague ! Shere Khan est à des lieues d'ici ! »

La femme du Colonel, nommée Winifred, s'approche alors et intervient :

« Cette fois, ça suffit, vieux bavard pompeux ! Qu'est-ce que tu dirais si notre petit s'était perdu dans la jungle ?

– Comment ? Eh bien, je..., bredouille le Colonel.

– Tu vas aider à le retrouver, sinon je prends le commandement ! »

Le Colonel Hathi manque de s'étouffer, puis, retrouvant enfin sa dignité, il lève sa trompe :

« Bon, c'est entendu ! La patrouille de l'aube partira à la recherche du petit d'homme ! »

Depuis sa cachette, Shere Khan a tout entendu.

« Un petit d'homme, perdu dans la jungle ? Comme c'est intéressant ! Je vais leur donner un coup de main et le retrouver avant eux ! »

A ces mots, il part furtivement et s'enfonce dans les broussailles.

10

Pendant ce temps, non loin de là, Mowgli s'est assis contre un tronc d'arbre. Glissant sans bruit, apparaît... l'immense queue de Kaa. Prestement, elle se glisse sous les jambes du garçon, et hop ! voilà Mowgli hissé au sommet de l'arbre, nez à nez avec le serpent qui le fixe de ses yeux fascinants...

« Alors, petit d'homme, je sssuis sssi sssatisssfait de te revoir ! dit-il d'une voix sinueuse.

– Toi, fiche-moi la paix ! crie-t-il en se dégageant.

– Regarde-moi ! reprend doucement Kaa.

– Non, monsieur l'hypocrite ! Je sais ce que tu veux faire !

– Je veux sssseulement t'aider à resssster dans la jungle !

– Comment peux-tu faire cela ?

– Oh, cccc'est que j'ai des moyens sssubtils en rayon... Il faut que tu me fassses confianccce ! »

Mowgli fronce les sourcils.

« Je n'ai plus confiance en personne !

– Hum ! Je ne t'en blâme pas ! répond Kaa, mais asssurément, tu peux avoir confianccce en moi ! »

Mowgli hausse les épaules : comment le croire ! Curieux malgré tout, il lui demande :

« Et comment comptes-tu faire ?

– Eh bien, je dois y réfléchir..., répond le serpent. Pour ccccela, il faut que je me conccccentre ! »

Et, fixant Mowgli de ses gros yeux :

« Pourquoi ne te conccccentres-tu pas avec moi ? »

Mowgli commence à s'assoupir. Bientôt, ses paupières se ferment et il tombe dans les anneaux de Kaa.

« Ccccc'est ccccela, fais un ssssomme ! » siffle le rusé serpent, tandis qu'il enveloppe complètement Mowgli.

Tout à coup, Kaa sent qu'en bas de l'arbre quelqu'un lui tire le bout de la queue...

Il descend la tête et aperçoit Shere Khan...

« J'aurai un mot à vous dire, si toutefois je ne vous dérange pas, ronronne le tigre. J'ai cru vous entendre parler... »

Shere Khan interrompt un instant sa phrase, puis enserre de sa grosse patte le cou du serpent.

Kaa avale avec difficulté sa salive, et bredouille :

« Euh... Moi ? Mais à qui voudriez-vous que je parle ?

– Je n'ai pas de temps à perdre, Kaa. Je suis à la recherche du petit d'homme...

– Le petit d'homme ?... Quel petit d'homme ? reprend le serpent d'un air plus hypocrite que jamais.

– Où pensez-vous qu'il se trouve ? continue Shere Khan.

– Mais je ne sssssais pas, moi ! Je ne l'ai pas vu !

Vous pouvez aussi me fouiller, ssssi vous le désirez !

– Excellente idée ! Montrez-moi vos anneaux ! »

Kaa, sans lâcher le corps de Mowgli, déroule lentement le bout de sa queue pour le descendre devant les yeux du tigre.

Après l'avoir bien inspecté, Shere Khan secoue la tête...

« Hum ! Il me semble que vous m'avez dit la vérité... Bien ! Si par hasard vous apercevez le petit d'homme, soyez gentil de m'en avertir en premier ! Compris ?...

– Oh, sssoyez sûr que je n'y manquerai pas ! Croix de bois, croix de fer, ssssi je mens, je vais en enfer !

– C'est entendu ! A présent, je dois poursuivre mes investigations. »

Kaa regarde Shere Khan s'éloigner et frissonne de rage.

« Qui croit-il tromper, cccelui-là ? Esssayer de faire croire qu'il veut aider cccce jeune garçon ssssans défenssse ! »

Il remonte dans l'arbre en se pourléchant les crochets. Mowgli, qui vient à l'instant de retrouver ses esprits, repousse le serpent et le fait basculer dans le vide.

Badaboum ! Kaa fait de nouveau le grand saut, entraîné par le poids de ses anneaux. Le voilà à terre, tout meurtri.

« Tu m'as menti, Kaa ! crie Mowgli. Tu as dit que je pouvais avoir confiance en toi ! »

Kaa redresse alors le nez en marmonnant :

« Tu as raison, on ne peut avoir confiancccce en persss-sonne ! »

Mais Mowgli ne l'entend pas. Il est déjà loin.

11

Sous une pluie fine, Mowgli arrive bientôt dans une clairière. Il est trop fatigué, trop découragé pour aller plus loin. Il grimpe sur la souche d'un arbre et s'assied, la tête sur les genoux.

C'est alors qu'une bande de vautours au cou décharné vient planer au-dessus de lui en piaillant. Mowgli lève les yeux...

« Allez vous amuser ailleurs ! Je n'ai pas le cœur à rire ! »

Au lieu de poursuivre leurs taquineries, les vautours, Ziggy, Buzzie, Dizzy et Flaps, se posent à côté de lui.

« Hé, fiston, on voulait seulement plaisanter ! Mais tu en fais une tête... On dirait que tu n'as pas un seul ami au monde !

– C'est vrai ! Je n'en ai pas ! répond Mowgli en reniflant.

– N'as-tu pas un père, ou une mère ? demande Dizzy.

– Non ! Et personne ne veut de moi !

– Ouais !... On sait ce que tu ressens ! dit Flaps d'un air sinistre. Personne ne veut de nous non plus !

– Hé oui ! C'est comme ça ! soupire Buzzie. C'est pour

ça qu'on est bien qu'entre vautours. Viens avec nous !

– Ben ouais ! dit Flaps, rejoins notre bande ! »

Tapi dans la clairière, Shere Khan a tout entendu. Il s'approche alors brusquement, une lueur cruelle dans les yeux :

« Bravo, messieurs les vautours ! Et merci ! C'est gentil d'avoir retenu le petit d'homme ! »

Effrayés, Ziggy, Buzzie, Dizzy et Flaps prennent leur envol avec tant d'empressement qu'ils en perdent des plumes !

« Cours, petit, cours ! » crient-ils à Mowgli.

Mais Mowgli ne bouge pas.

« Courir ? Pourquoi devrais-je courir ? »

Shere Khan sourit de tous ses crocs.

« Pourquoi ? Tu ignores peut-être qui je suis ?

– Je le sais très bien ! répond Mowgli. Et tu ne me fais pas peur !

– Aaaaah ! soupire Shere Khan. Tu as du cran ! Aussi vais-je te laisser une chance. Je vais fermer les yeux et compter jusqu'à 10. Un... deux... trois... »

A 10, Shere Khan rouvre les yeux. Mais, au lieu de s'enfuir, Mowgli a ramassé une grosse branche et lui fait face.

« Tu abuses de ma patience ! hurle le tigre. Cette fois, on ne joue plus ! »

Shere Khan ouvre alors une large mâchoire et bondit sur le garçon paralysé par la peur.

12

A l'instant même où Shere Khan va s'abattre sur Mowgli, une énorme patte lui agrippe la queue ! Le tigre s'affale, le nez écrasé contre le sol.

« Baloo ! crie Mowgli.

– Fuis, Mowgli ! Fuis ! »

Shere Khan se retourne contre l'ours...

« Laisse ma queue, gros lourdaud ! » hurle-t-il.

Mais Baloo se cramponne encore plus fort.

Shere Khan pousse alors un feulement furieux et mord à pleins crocs le derrière de Baloo.

« Ouaouh ! grogne l'ours. Ça, c'est autre chose que des chatouilles ! »

Mais il ne lâche pas pour autant Shere Khan. Mowgli, lui, a repris courage. Il s'avance vers le tigre et lui frappe le museau avec son bâton. Du haut d'un arbre, les vautours l'encouragent :

« C'est ça, fiston ! Vas-y ! Donne-lui-en, au Vieux Rayé ! » crie Buzzie.

Shere Khan, furieux, poursuit Mowgli à travers la clairière, traînant Baloo derrière lui toujours à ses basques.

Baloo a beau s'accrocher, Shere Khan court à toute vitesse. L'ours rebondit sur les cailloux, se cogne aux branches...

« Ouille ! Aïe ! »

Le tigre est près d'atteindre Mowgli...

« Hé, les gars, le petit a besoin d'aide ! » glapit Flaps.

Aussitôt, la troupe de vautours s'envole. Ils passent en rase-mottes au-dessus de Shere Khan et attrapent Mowgli, le soulevant dans les airs.

« Le gamin est sauvé ! crie Dizzy à Baloo. Laisse-le !

– Tu plaisantes ? répond l'ours... Il y a des crocs à l'autre bout ! »

Shere Khan s'arrête alors brutalement, et, d'un puissant mouvement de reins, fait voltiger le vieil ours qui lâche prise. En un éclair, le tigre saute sur lui...

« Tu vas me le payer ! » feule-t-il en déchirant le pauvre Baloo avec ses griffes.

Du haut de la branche où il s'est réfugié, Mowgli hurle :

« Allons-y, les gars ! Baloo a besoin d'aide ! »

C'est alors que la foudre déchire le ciel et s'abat sur un arbre mort qui s'embrase aussitôt.

« Ouais ! crie Dizzy. Le feu ! C'est la seule chose qui fasse peur au Vieux Rayé ! »

Les vautours déposent Mowgli sur le sol. Le garçon s'empare d'une branche enflammée.

« On va t'aider ! » lance Buzzie, tandis que les autres

vautours, à tour de rôle, attaquent Shere Khan en piqué.

Le tigre furieux miaule. Il se débat, donne des coups de griffe.

« Arrière, bande de charognards ! »

Pendant que les vautours pincent la tête et le dos du fauve, Mowgli se glisse derrière lui et, prestement, attache la branche enflammée à sa queue.

Shere Khan, épouvanté, pousse un rugissement abominable et s'enfuit à toute allure.

« Le Rayé sent le roussi ! se moque Buzzie.

– Il file comme une comète ! ricane Dizzy.

– Tout est bien qui finit bien ! » conclut Flaps.

Mowgli s'écrie alors :

« Baloo !... Il ne bouge plus ! »

Il se précipite vers son ami...

« Baloo, je t'en prie, ouvre les yeux ! Réveille-toi, lève-toi ! »

Il saisit la tête du vieil ours inerte et la caresse doucement. Mais Baloo reste immobile...

13

Bagheera s'avance dans la clairière, et Mowgli la regarde, les yeux pleins de larmes.

« Qu'est-il arrivé à Baloo ? »

Bagheera observe le garçon avec tristesse.

« Il faut que tu sois brave, petit ! Comme l'était Baloo !

– Était ? s'écrie Mowgli. Tu veux dire qu'il est...

– Parti ! dit Bagheera. Mais chacun se souviendra de l'exploit qu'il a accompli aujourd'hui dans la jungle. Un nom s'inscrira au-dessus de tous les autres – celui de notre ami Baloo ! »

A cet instant précis, l'ours ouvre les yeux.

« Est-ce que quelqu'un a prononcé mon nom ?

– Baloo, tu es vivant ! crie Mowgli en se jetant dans ses bras.

– Espèce de gros menteur ! » lance Bagheera, pendant que Mowgli répète sans cesse :

« Oh, Baloo, comme je suis content que tu ailles bien !

– Aussi bien que la pluie ! déclare Baloo en balayant les gouttes de pluie sur son museau.

– Mon bon vieux Papa Ours ! » se réjouit Mowgli.

Un peu plus tard, Baloo a pris Mowgli sur ses épaules et tous deux gambadent aux côtés de Bagheera.

« Hé, Baggy ! C'est vraiment dommage que tu aies raté le spectacle ! Tu aurais dû voir comment j'ai envoyé le Vieux Rayé au tapis ! Le petit et moi, on lui a fait son affaire... »

Baloo veut raconter le combat, quand une voix résonne tout près d'eux. Quelqu'un chante ! A pas de loup, les trois amis s'approchent.

Au-delà des buissons, au bord de la rivière, se dressent plusieurs maisons bâties par les hommes.

« Qu'est-ce que c'est que ça ? demande Mowgli.

– Oh, ça, c'est le village des hommes ! répond Bagheera.

– Non, je veux parler de ça ! dit Mowgli en montrant du doigt une petite fille qui remplit sa cruche dans la rivière. C'est elle qui chante !

– Oh, oublie donc ça ! grogne Baloo. Ça n'apporte que des ennuis ! »

Mowgli écarte les lianes, passe la tête...

« Non, attends un peu ! Je veux voir de plus près ! Je n'en ai jamais vu avant. Je reviens tout de suite ! »

Baloo a beau supplier : « Mowgli, reviens ! », le jeune garçon poursuit son chemin sans se retourner.

Bagheera observe alors Baloo d'un air sournois. Mowgli est à présent perché sur une branche surplombant la

rivière. Il rampe doucement, quand , tout à coup, crrrac ! la branche casse, et Mowgli tombe à l'eau la tête la première.

La fillette est d'abord surprise. Puis, lorsqu'elle aperçoit Mowgli, elle étouffe un petit rire timide derrière sa main. Mowgli court se cacher dans les buissons. Mais la curiosité est plus forte et il ressort bientôt la tête... Il sourit.

« Regarde-moi cet air stupide ! dit Baloo à Bagheera. On dirait qu'il est ensorcelé ! »

Mowgli avance alors vers la petite fille qui se met à glousser.

« Ce qu'elle a l'air bête, elle aussi ! » grommelle Baloo, exaspéré.

La fillette, tout intimidée, prend vite sa cruche et

retourne vers le village. Soudain, elle lui échappe des mains et tombe à terre.

« Ah ça, quel culot ! dit Baloo. Elle l'a fait exprès ! Tu vas voir que ce benêt va se précipiter pour l'aider ! »

Mowgli ramasse la cruche, la remplit de nouveau, puis la rend à la fillette.

« Merci ! » murmure-t-elle en battant des cils.

« Tu vas voir qu'il va la suivre au village ! » gronde Baloo, furieux et inquiet.

Et, de fait, Mowgli part avec la petite fille.

« Reviens ! reviens ! » crie alors Baloo. Mais Mowgli se retourne, fait un signe de la main, sourit à ses deux amis, et s'éloigne...

Baloo secoue la tête, tout dépité :

« Regarde, Bagheera, il a filé !

– C'est normal ! répond la panthère, Mowgli est un petit d'homme, il doit vivre parmi les siens ! »

Baloo soupire, réfléchit quelques instants, puis se redresse en lançant d'un air gaillard :

« Eh bien, je suis content que nous appartenions encore à la jungle ! Nous avons tout pour être heureux !

– Allez, viens ! murmure Bagheera. Tout est bien qui finit bien !

– Ouais ! conclut Baloo d'un air songeur. Tu as raison !... Mais c'est dommage, quand même !... Ce petit aurait fait un ours épatant ! »